もんぐら、もんぐら
いい季節になつたもんだな

山村暮鳥

童話屋

目次

装幀・画　島田光雄

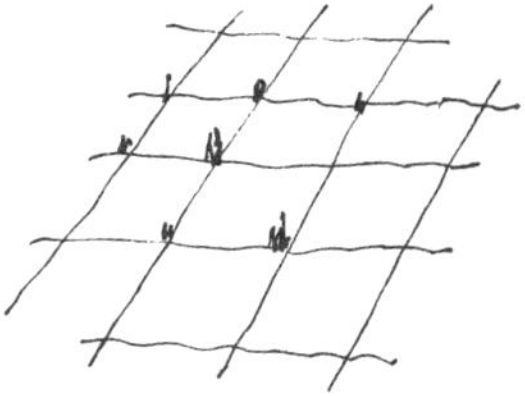

序詩

とろとろと
とろけるやうに
ねほけよ

ぽつかりと
うまれでたやうに
めさめよ

やう↓よう

ぽつかり↓ぽっかり

李《すもも》の花

ぽつぽつと
また
李の花が
さきだしました

それだのに
なんとしたこと
どうしてかうもさみしいものか

かう→こう

春だといふのに
自分で自分を
それだから
あやしてでもゐるほかないの
おう、李の花よ

或る時

ふなばらを
まつ青にぬりたてられて

いふ→いう
ゐる→いる
まつ青→まっ青

うれしさうな漁船だ
——鮪をとりにでかけるところか
ああ、春だの

おなじく

若布《わかめ》売《うり》の
背中に
めづらしい蠅が一疋
ついてゐた

さう→そう

めづらしい→めずらしい
ゐた→いた

越後の蠅だよ
きつと、さうだよ
（上州にて）

おなじく

かへるでも
とびこんだのか
ぽちやんと
水の音がした

きつと→きっと

かへる→かえる

ぽちやん→ぽちゃん

おなじく

まつくらな
ほんとにまつくらな
晩だな
あ、蛙だ
地の底でくくく……

まつくら→まつくら

おなじく

まつ黒い
春の土から
かげらふのやうに
わいたんだらう
とつても大きな静けさである
それだから
だれをみてもにこにこと

そしてまた寂しいのである

まつ黒い→まっ黒い
かげらふ→かげろう
やう→よう
だらう→だろう
とつても→とっても

おなじく

穀物の種子《たね》はいふ
「どこにでもいい
どこにでもいい
まいてください
はやく
はやく
蒔《ま》いてください
地べたの中にうめてください」

おなじく

どんよりと
花ぐもりである
桜がきれいにさいてゐる
こんな日に
死ぬことなどを
だれがおもはう

おもはう → おもおう

おなじく

花もまた
おもふぞんぶん
おたがひの
深い匂ひをくみかはすか
霞《かすみ》のやうな
いゝ、ほこりである

おなじく

おもふ↓おもう
おたがひ↓おたがい
匂ひ↓匂い
くみかはす↓くみかわす

どうせ死ぬなら
こんな日だと
うたつたばかがあるさうだ
桜が
うたはせたんだらう

おなじく

さくらよ
さくらよ
生きてるうちに

うたつた→うたった
うたはせた→うたわせた

もう、いくど
お前の咲くのをみるだらう
自分は――

おなじく

満開のさくらを一枝
だいじさうにかかへてにこにこと
寂しい田舎道をあるいてゐた
どこへゆくのであつたか
あの老人

かかへて↓かかえて

あつた↓あった

自分ははつきりと
いまもいまとておぼえてゐる
いつまでも
いつまでも
わすれたくないもんだ
あの顔

自分はあのとき――
いまどきの世にも
まだ、こんな幸福さうな顔が
のこつてゐたかとおもつた

はつきり→はっきり
のこつて→のこって
おもつた→おもった

おなじく

花咲爺《じい》さん
　どこにゐる
きれいにみごとに花をさかせて
こつそりとかくれてしまつた

あんまり花が
きれいにみごとにさいたので
はづかしくなり
うれしくなり
気味悪くなり

こつそり↓こっそり
しまつた↓しまった

はづかしく↓はずかしく

寂しくなり
それで
　かくれてしまつたのか

あんまり
花といふ花が
きれいにみごとにさいたので
わたしらまでが
はづかしくなり
うれしくなり
気味悪くなり
いひやうもなく寂しくなる

いひやう→いいよう

花咲爺さん
　どこにゐる
ひよつこりとでてきて
につこりと
わらつてみせてはくれませんか

あんたは
どこにもゐないのだ
みたものもないのだ
だが、花は
かうしてみごとにさいてゐるのよ

ひよつこり→ひょっこり
につこり→にっこり
わらつて→わらって
ゐない→いない

花咲爺さん
あんたが花とさいたんだ
あんたが花にばけたんだ
それだから
うつとりとさ
見惚れてでもゐるほかないんだ

うつとり→うっとり

おなじく

もんぐら、もんぐら
いい季節になつたもんだな
鼹鼠《もぐらもち》よ
ゆふべの月が
おや、まだでてゐる
おまへらもそこで
一生懸命働いてゐるんか

なつた↓なった
ゆふべ↓ゆうべ
おまへ↓おまえ

おなじく

こそこそと
つれだつて
猫めが
小麦畑にはいつていつた

つれだつて↓つれだって
はいつていつた
↓はいっていった

蟻

このたくさんの
蟻、蟻、蟻
なんとなく
なんとなく
ただ、歩き廻つて
ゐるのでなからう

廻つて→廻って
ゐる→いる
なからう→なかろう

ある時

えんとつから
けむりがでてゐる
もくもく
もくもく
どうみても生きてるやうだ
銭湯のも
鉄工場のも
みんな一しよに
もくもく、もくもく
おもしろさうだなあ

やう→よう
一しよ→一しょ
さう→そう

月夜の牡丹

ぼたんだ
ぼたんだ
月夜の牡丹だ

ごろごろ
ごろごろ
石臼《いしうす》の音が
また馬鹿にいいんだ

ぼたんの教へ

ぼたんよ
ぼたんよ
どこまで深い昼だらう
生くることのたふとさに
呼吸《いき》づく花か
そなたは

そなたをぢつと
みてゐると
いまにも何か言ひだしさうな

教へ → 教え

だらう → だろう
たふとさ → とうとさ

ぢつと → じっと
ゐる → いる
言ひ → 言い　さう → そう

ある時

ぼたん
一輪

真昼でもいい
月の夜もいい
どうせ
此の世のものではない

おなじく

これは一輪の牡丹である
これはみはてもつかないそんな大きな花である
宙天《ちゅうてん》の蝶々よ
お前達にもたうとうそれがみつかつたか
ひらひら　ひらひら
蒼空《あおぞら》ふかく
とけこんでしまふがいい
とけこんでしまふがいい
ああ！

たうとう↓とうとう
みつかつた↓みつかった

しまふ↓しまう

とほりあめ

ぼたんには
かかるな
かかるな
あをぞらのしづくよ
かかるな

ぼたんにも
かかつた
かかつた

とほり→とおり
あを→あお
しづく→しずく
かかつた→かかった

ぱらぱらと
それが三ツ粒
かかつた

地震

地震だ
地震だ
ぼたんの花を
　どうしたもんだろ

仙人掌《しよう》をみて

これは
これは
ほんとに田舎娘の
花かんざしでもみるやうな——
この刺々《とげとげ》の坊主頭の
そのどこに
こんな花があつたのだらう
なんとしても
だまされてゐるやうでならない

やう→よう

あつた→あった
だらう→だろう

ゐる→いる

ある時

なんの花かと
とはれたら
茱萸《ぐみ》の花だと
　こたへよう

ひよつとして
折つてやらうと
いはれたら
さて、なんとしたらよかららう

とはれた↓とわれた

こたへ↓こたえ

ひよつと↓ひょっと

折つて↓折って
やらう↓やろう
いはれた↓いわれた
よからう↓よかろう

おなじく

鼻づらをつきだして
いかにも長閑《のどか》さうに
ながながと鳴いてみせたから
返事のつもりで
自分も
そのまねをしてやつた
すると、牝牛の奴
くるりと
こちらに尻をむけて

さう→そう

やつた→やった

すつかり安心したやうに
もう、もぐもぐと草を喰べてゐる

おなじく

遠天《ゑんてん》の
雲霧《くもきり》なれば
かかるもよからう
白い翅《はね》を
はたはた

すつかり→すっかり

ゑんてん→えんてん

はたはた
蝶のめざめか

おなじく

朝、起きてみたら
しつとりと
土がぬれてゐる
ちつともしらなかつたが
やつぱり雨が落ちたんだな
すくすくと

しつとり→しっとり

ちつとも→ちっとも
なかつた→なかった
やつぱり→やっぱり

一晩の中にといつてもいいほど
まあ、雑草《はぐさ》が
不思議ではないか
こんなにものびてゐるんだ

おなじく

すくすくと
一心にのびる筍《たけのこ》
どこまでのびるつもりだらう
きのふは

いつても→いっても

きのふ→きのう

子どもの肩より低く
けふはわたしをつきぬいた

おなじく

一本二本三本と
いくほんこしらへても
どうしても
麦笛は鳴らない
こしらへかたなら
たしかにしつてゐるんだが

けふ↓きょう
こしらへ↓こしらえ
しつてゐる↓しっている

ああ、そうそう
そこまでは気がつかなかつた
それは、こどもの
唇《くちびる》でなければ
鳴らないんだとは——

おなじく

どんな不思議なことが
いま、畑の中にはあるのか
そいつを

誰が知つてるだらう
よしまた知つたところで
それがなんだらう

ぞつくりと
畑の麦は
穂になつたよ

知つてる→知ってる
ぞつくり→ぞっくり
なつた→なった

むぎかり

百姓夫婦は麦刈り
すなつぽ畑のむぎかり
かかしよ
こもりをたのんだぞ

すなつぽ↓すなっぽ

或る時

一きは明るい
娘達の上あたり
なにがそんなにうれしいか
麦刈笠といつしよに
ゆらゆら
いゝいゝ
かげらふのゆれてゐる

いつしよ↓いっしょ
かげらふ↓かげろう
ゐる↓いる

おなじく

するすると
野蒜《のびる》はのびた
庭の一隅のことである
松の小枝が
邪魔になつたので
そこまでゆくと
ほどよく曲つて
また、するするとのびつづけてゐる

なつた↓なった

曲つて↓曲って

おなじく

あさぎり
あさぎり
あさはやく
すなつぽの陸稲畠《をかぼばたけ》で
雑草《はぐさ》をぬいてる頬冠《ほおかぶ》りがあつた
あれは神様だつたらう

をか↓おか
あつた↓あった
だつたらう↓だったろう

おなじく

わびしさに
触れあふ
草の葉つぱだらう
おもひだしては
さらさらとよ

あふ↓あう
葉つぱ↓葉っぱ
だらう↓だろう
おもひ↓おもい

おなじく

たそがれると
それをしつてゐて
そろそろ
花も
草木も
よりそつて
それもまた
うつくしいではないか
ねむりかける

しつてゐて↓しっていて
そつて↓そって

おなじく

ぐつたりと野蒜《のびる》が一莖
花のまんましほれてゐた
磯の小山に……

そのこどものやうなのも
すぐそばで
おなじやうに
小さな首をたれてゐた

ぐつたり↓ぐったり
しほれて↓しおれて
ゐた↓いた

やう↓よう

おなじく

雨ではないよ
こんなに深い蒼空《あおぞら》だらう
松の葉の
　ためいきなんだよ

おなじく

あれ、あれ
雀つ子もいつしよで

雀つ子→雀っ子
いつしよ→いっしょ

沙をあびてる
水をあびてる

おなじく

ほのぼのと
靄《もや》の朝は
純《きよ》らかである
子どもを叱る声まで

おなじく

朝釣りは
一尾《ぴき》でいい
ほんの
鱸《すずき》のこどもでいい
日の出るまへの

まへ↓まえ

おなじく

しののめの
渚《なぎさ》に
海月《くらげ》が一つ
ぽつかりと
うちあげられてあつた
ゆふべの浪《なみ》の
　いたづらのやうに……

ぽつかり→ぽっかり

ゆふべ→ゆうべ
いたづら→いたずら

おなじく

浪どんど
浪どんど
四羽五羽六羽
あれは
千鳥といふ鳥である

口笛をふきながら
ときにはぽろりと一羽
わたしのゆめと
磯との間を

いふ→いう

いつたりきたりしてゐる
いつたりきたりしてゐる

おなじく

しつとりと
ぬれた渚《なぎさ》
小さくかはゆく
のこされたあしあと
鮮かな
その一つ一つ

いつたり→いったり

しつとり→しっとり

かはゆく→かわゆく

ふと、そのあしあとの
途絶えたところから
飛びたつた千鳥をおもへ……

おなじく

なぎさのすなは
ふるひにかけたやうにきれいだ
だれもゐない
すなのうへには

飛びたつた↓飛びたった
おもへ↓おもえ

ふるひ↓ふるい
ゐない↓いない
うへ↓うえ

ちひさなみづとりのあしあとがある
それがとほくまで
ならべたやうにつづいてゐる
そのあしあとをふんで
これもまた
かはいいあかんぼのあしあとがある
きつとそのみづとりをつかまへようとでもおもつて
よたよたとでかけたのかもしれない
だが、みづとりとあかんぼ
それだけか
それだけといふことがあらうか
よくみまはすと

ちひさな→ちいさな
みづとり→みずとり
とほく→とおく

かはいい→かわいい

きつと→きっと
つかまへよう
→つかまえよう
おもつて→おもって

あらう→あろう

みまはす→みまわす

おう、そこに
すこしはなれたところに
これもはだしのあしあとがあつた
あかんぼをきづかつて
あとからしづかにおひかけた
それこそ
そのあかんぼの
わかいははおやのであらう
にこにこしたかほまでがみえるやうだ

きづかつて→きづかって
しづか→しずか
おひかけ→おいかけ

かほ→かお

おなじく

水をのみにきて
水をしみじみのんでゐた
蜂が一ぴき
なんにおどろいたのか
　　　　飛びたつた

草深い、ここは
水かげらふの宿なのに——

たつた→たった

かげらふ→かげろう

おなじく

一塊《かたま》りの夕立雲は
まるでふざけてゐるやうにみえた
そのたかいところで
そしてすういと
あとかたもなくなつて
　　しまつた

なくなつて↓なくなって
しまつた↓しまった

おなじく

竹林の上を
　　さわさわと
わたる時雨《しぐれ》か
水墨の画である

妻があり
子があり
そしてびんぼうで愚鈍なだけに
こよなく尊い自分である

おなじく

野蒜《のびる》
ひよろひよろ
六尺、五尺
ゆふべの
あんな大風にも
不思議でならない
折れなかつたよ

ひよろ→ひょろ
なかつた→なかった

おなじく

朝顔のつぼみも
そのふくらみに
夜明けの
遠い天《そら》をかんじてゐるか

すべてに
昼の深さがある

朝顔

あさがほは
口を漱《すす》いでみる花だ
まづしく
ひもじく

あさがほ → あさがお
まづしく → まずしく

おなじく

一輪の朝顔よ
ここに
生きた瞬間がある
生くることのたふとさがある

*

さいてゐる
花をみよ
かうしてはゐられぬと思へ

たふとさ→とうとさ

ゐる→いる

かう→こう
ゐられぬ→いられぬ
思へ→思え

＊

花をみること
それもまた
一つの仕事である

それの大きな仕事であることが
解《わか》つたら

花をみて
その一生とするもよからう

＊

解つた↓解った

よからう↓よかろう

花はおそろしい
ほんとうにおそろしい
なんといふ真剣さであらう
だが、またそれは
あまりの自《おのづか》らさである

いふ→いう
あらう→あろう
おのづか→おのずか

おなじく

一りんの
朝顔に
かすかな呼吸《いき》のやうな風……
しみじみと
静《しず》かに生きようとおもふ

やう↓よう
おもふ↓おもう

ある時

朝でもいい
まひるでもいい
ぱらぱら
通り雨である
竹林《ちくりん》は隣屋敷だけれど
まづしい心の
純《きよら》かさよ

まづしい→まずしい

おなじく

ぱら　ぱら
ぱら　ぱら
わたしのかほへも
それが三ツ粒
通り雨だ
竹藪の雀が
大騒ぎをやつてゐる

かほ↓かお

やつてゐる↓やっている

おなじく

あたまのうへは
とつても澄んだ蒼空《あおぞら》である
まあ、御覧
そのあをぞらが
蜻蛉《とんぼ》を
一ぴきながしてゐる

うへ↓うえ
とつても↓とっても
あを↓あお

とんぼ

一ばんぢう
自分は小さな蜻蛉《とんぼ》であつた
そしてとろとろゆめみてゐたのは
どこかの丘の
穂にでてゆれてる
芒《すすき》であつた

ぢう→じゅう
あつた→あった
ゐた→いた

ある時

蜻蛉《とんぼ》のはうでは
子どもを弄《からか》つてゐるのであつた
よくみると
そしてあそんで
　　ゐるのであつた

おなじく

千草はほんとに
なんでもしつてる

はう↓ほう
弄つて↓弄って
ゐる↓いる

しつてる↓しってる

――あれ、あれ
とんぼが
みんなそろつて
飛行機のまねしてゐる

おなじく

千草はなんでも知つてゐる
そして自分達にをしへてくれる
――黄金蟲《こがねむし》がきた

そろつて→そろって

知つて→知って
をしへて→おしえて

燭火《あつか》を食べにきたんだ

ある時

蟷螂《かまきり》の子どもが
三角頭をまげこんで
　　　　しあんしてゐる
まさか
野蒜《のびる》の花でもあるまい
何が、そんなに
おもひしづませてゐるのか

おもひしづませて
↓おもいしずませて

とうもろこし畑にて

1

とうもろこしの花が
つまらなさうにさいてゐる
砂つぽ畠の
ひるひなかだ

さう→そう　ゐる→いる

砂つぽ→砂っぽ

つまらなさうな
その陰影《かげ》が
ながながと土を這つてゐる

2

とうもろこしの花が
つまらなさうにさいてゐる

砂つぽ畠の
ひるの月だよ

這つて→這って

3

とうもろこしの花が
つまらなさうにさいてゐる
ちよぼちよぼとそのはやいのには
あそこの毛ほどの房がでてゐる
これでもものになるだらうか

ちよぼ↓ちょぼ

だらう↓だろう

ある時

まづしい一家族の
　すんでゐるのは
とうもろこしの畑の中だ
蟋蟀《きりぎりす》よ
霧深いな

まづしい→まずしい

おなじく

森ふかく
きえいる草の
一本の細逕《みち》
をんながそこへはいつていつた
蝶がそこから舞ひだしてきた

をんな→おんな
はいつていつた
→はいっていった
舞ひ→舞い

おなじく

妻よ
こんな朝である
海を
掌《てのひら》にのせてみるのは

妻よ
どうだらう
あんなに沢山の小舟が
靄《もや》にかくれてでてゐたんだ

ゐた→いた

まあ、みてゐて御覧
一つ私が吹飛《ふきと》ばしてみせるから

おなじく

まあ、この蜻蛉《とんぼ》は
どこからあつまつてきたんだらう
こんなに――
夕凪《ゆうなぎ》である
そこでも戦争《いくさ》ごつこか

ゐて→いて

あつまつて→あつまって

ごつこ→ごっこ

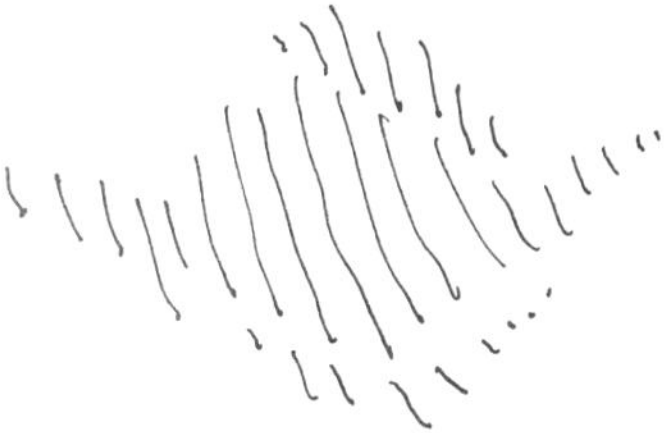

落日の頃

蜻蛉《とんぼ》よ
機蟲《ばつた》よ
おまへらもまたそこで
生きのいのちをくるしんでゐるのか
だがさうしてともどもに
ひかりかがやいてゐるのだ
それでいい
それでいい

ばつた→ばった
おまへ→おまえ
ゐる→いる
さう→そう

それで此の世もうつくしいのだ
まあ、どうだい
このすばらしい落日《いりひ》は

ある時

遠い遠い
むかしの日よ
これも郷愁の一つである
片脚を
わたしの手にのこして

草のなかにかくれた
あの機蝗《ばった》よ

おなじく

竹藪のうへに
ぽつかりと月がでた
笹の葉かげに
こつそりと
かくれてでもゐたやうに
あれ

うへ↓うえ
ぽつかり↓ぽっかり
こつそり↓こっそり
ゐた↓いた　やう↓よう

さらさらと
笹のみどりに揺れてゐる

おなじく

いい月だ
路傍《みちばた》にたつてゐる石まで
しみじみ
撫《な》でてでもやりたいやうな

たつて→たって

おなじく

蟬もまた
閑寂《かんじゃく》をこのむものか
その声を天心《てんしん》からふらして
月の夜など……

おなじく

松にも
椎にも
ほのかな風の翳《かげ》がある
しいんとして……
月の匂ひが
とめどなく
　ながれる

匂ひ→匂い

おなじく

ないてゐるのは
松の梢《こずえ》のてつぺんだ
だが、それは
蟬でもない
月でもない

てつぺん→てっぺん

おなじく

昼だのに
　月がでてゐる
しんしんと
霧でもふらすやうな蟬だ
あの月の中でないてゐるのか

昼

なにはなくとも松風
そのうへ
浜茶の渋味にふさはしいのは
なんといつても昼の三日月

うへ→うえ
ふさはしい→ふさわしい
いつても→いっても

ある時

家のまはりを
ぐるぐると
めぐつても
めぐつても
いい月である
単独《ひとり》ではない
影も
ステッキなんかもつたりして

まはり→まわり
めぐつて→めぐって
もつたり→もったり

おなじく

ああ、もつたいなし
もつたいなし
この掌《て》はどちらにあはせたものか
いま日がはいる
うしろには
月がでてゐる

もつたいなし↓もったいなし
あはせた↓あわせた
ゐる↓いる

おなじく

芭蕉よ
あんまり幽《かす》かな
　月の夜だから
松といふ松は
ほんとに花のやうであつた
ひとりもののあんたは
それを旅で
わたしは
それを妻と子とみた

いふ↓いう
やう↓よう
あつた↓あった

おなじく

大きな沼だ
そのまんなかに
舟が一つ
魚を釣つてゐるのか
それとも月をながめてゐるのか

釣つて↓釣って

お月さん

とうちゃん
とうちゃん
暴風《あらし》は
お月さんをわすれていつたよ

とうちやん→とうちゃん
いつた→いった

ある時

木の葉がむしられてゐる
木の葉があらしに……
それをみて自分は
自分がむしられてゐるやうに感じた

そんなことも、また
冬の眺望の一つであるか

おなじく

こどもでも
さがしまはつてゐるんぢや
　　　　あるまいか
一羽の山雀《やまがら》だ
いい声だが
いかにもさびしく
かなしさうだ
まつたく
ゆふべのあらしときたら
めつぽうひどく強かつたからな

まはつて→まわって
ぢや→じゃ

さう→そう

まつたく→まったく
ゆふべ→ゆうべ
めつぽう→めっぽう
強かつた→強かった

おなじく

怒《おこ》るだけおこつてしまつて
につこりわらつたやうだつて
ああ、いい
大暴風雨《おほあらし》なんかが
どこにあつたつていふんだ
どうだい
まつすぐだなあ
煙突のけむり
とにかく天までとどいてゐる

おこつて↓おこって
しまつて↓しまって
につこり↓にっこり
わらつた↓わらった
だつて↓だって

おほ↓おお

あつたつて↓あったって

まつすぐ↓まっすぐ

おなじく

静かな晩秋である
やみあがりの自分は
蒲団の上にきちんとすはつて
読書してゐる

いやに冷々《ひえびえ》する日だ
こほろぎが
壁に錐《きり》でももみこむやうな
すがれた声で啼《な》いてゐる

すはつて→すわって
こほろぎ→こおろぎ

おや、いつのまにか
自分のこころは

おなじく

おや、いつのまにか
自分のこころも
なんとなくうすぐらくなつた
静かな晩秋である
ちろちろと
赤い小さな灯《ともしび》が

なつた→なった

もうそのくらがりには
　　ともされてゐる
そんな気がする

　　おなじく

くさむらで啼《な》く蟲々は
音《ね》色《いろ》で生きてゐるのである
いや、音色がいきてゐるのである
その音色のたふとさ
そのはかなさ

たふとさ → とうとさ

昼

とろとろと
ねむたいのは
松の葉がこぼれるからだ
ときをり……

松の葉の
　こぼれる幽《かす》かさ
死ぬるも
生くるも

ときをり → ときおり

おんなじことか
ここでは――

＊

わけもなく
ねむたいときの
　気味悪さよ

＊

ぱらぱらと
松の葉がこぼれる

＊

ぱらぱらと
ときをり
松の葉がこぼれる
死んでもゐない
生きてもゐない

*

ぱらぱらと
ときをり
松の葉がこぼれる

ゐない↓いない

松の葉の
こぼれる幽かさ――
生死《いきしに》のたふとさにあれ

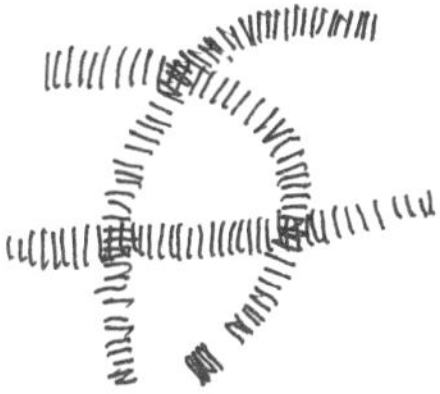

名刺

おとづれてきたのは
　　　風《かぜ》か
るすのまに
木《き》の葉《は》の名刺《めいし》がおいてある
ここらにはみかけない
秦皮《とねりこ》のはつぱだ

おとづれて↓おとずれて
はつぱ↓はっぱ

ある時

遠天《えんてん》の鳶《とび》よ
もうそこまできてゐる
霙《みぞれ》はそこまできてゐる
それだのに――
ああ、いい
その悠々としてゐるところ――
そこで何をしてゐるのか

ゐる→いる

おなじく

ほほづき
ほほづき
はやく、いろづけ
雪ふり蟲がすぐ
とぶぞ

ほほづき→ほおずき

おなじく

鬼灯《ほほづき》よ
干柿《ほしがき》よ
おまへたちもまた
そこで
その檐端《のきば》で
お正月をまつてゐるんか
子どもらと一しよに
——いい日和《ひより》だ
なあ

おまへ ↓ おまえ

まつて ↓ まって
一しよ ↓ 一しょ

おなじく

もすこしだ
もすこしだ
渋柿よ
おまへたちのはうでも
もすこし
ぶら下つてやれ

はう↓ほう

下つて↓下って

おなじく

まづしさを
きよくせよ
霜
松のさみどり

まづしさ → まずしさ

おなじく

娘よ
うんと力をいれて
何がそんなにはづかしいのよ
ほら、ぬけた
なんといふ
太いまつ白い大根だらう

はづかしい↓はずかしい

いふ↓いう

まつ白↓まっ白
だらう↓だろう

おなじく

どこの家にも
灯《ひ》が
　はいつた
寒い木枯しのふくゆふべだ
つつましい生活《くらし》と
その平和とのおもはれる
赤い障子よ
冬もまた、いい

はいつた→はいった
ゆふべ→ゆうべ
おもはれる→おもわれる

おなじく

路傍のはきだめで
芽をだしてゐる麦の粒々
いつ、どうして
どこからまぐれてきて
ここにこぼれた粒々か
それでも麦は
季節がくると
青い小さな芽をだした
青い小さなめのすすり泣き

まつ白な霜をいただいて
ぞつくりと
麦の小さなめのすすり泣き
——おう、自分達よ

おなじく

二人で言つて
　みべえよ
そうすると
彼方《むかふ》でもいふから……

ぞつくり↓ぞつくり

言つて↓言って

むかふ↓むこう

庭前にあそんでゐた子どもが
声をそろへて
——あつたかい、なあ

と、それを
きいてでもゐたのか
垣の外の雄鶏もそのまねをして
おんなじやうに
——あつたかい、なあ

ゐた→いた
そろへて→そろえて
あつたかい→あったかい
やう→よう

おなじく

これはまたあまりに平凡な
そして日々のことであるが
牝鶏は
つい、うまれでた
そのまつ白な卵をみると
けたたましくも
鳴き立つてみたくなるんだ
それにちがひない
なんともいへないうれしさに
なんともいへないその不思議さに

立つて→立って
ちがひ→ちがい
いへない→いえない

おなじく

おう、なんといふ
瘠《や》せさらぼいた影法師だらう
冬の日向で
一ぴきの蠅とあそんでゐる
暮鳥よ
それがおまへである
まだ生きてゐたのであつたか

あつた↓あつた

おなじく

鳥がないてゐる
声を嗄《か》らしてないてゐる
枯木のてつぺんにとまつてさ
それを、ぴゆぴゆ
ふき曝《さら》してゐる霙《みぞれ》風め
だが鳥よ
なんだつてそんなに
くやしさうにないてゐるんだよ
まつ赤な夕日に腹をたてて
何か悪態でもついてゐるんか

てつぺん↓てっぺん
とまつて↓とまって

なんだつて↓なんだって
くやしさう↓くやしそう
まつ赤↓まっ赤

おなじく

まあ、この大雪
雪のつもつた屋根々々
どつちをみても
ふつくらと
　あつたかさうな

――どこだらう
らうらうと本を読んでゐるのは

つもつた→つもった
どつち→どっち
ふつくら→ふっくら
あつたか→あったか
さう→そう
らうらう→ろうろう

おなじく

大雪にふさはしい
びんぼうな家々――
森も畑も
こんもりと
どこのいへもけふばかりは
温かで平和さうだ
あ、あかんぼがないてる

ふさはしい→ふさわしい

いへ→いえ　けふ→きょう

おなじく

雀がこどもに
いろはにほへとでも
　　をしへてゐるのか
大竹藪のまひるだ
竹と竹とが
それを
ぢいつと聞いてゐる

をしへて↓おしえて

ぢいつと↓じいっと

おなじく

鯨が汐を
ある晩、たかだかと
ふきあげてみせてくれた

ああ、こどものころ
あんなにみたかつた夢である

みたかつた→みたかった

おなじく

鋏《はさみ》に
小さな鈴がついてゐて
つかふたんびに
ちりちり
ちりちり
妻がそれをもぎとつた
すこしうるさくおもつたのである
だが翌日になつてみると

ゐて→いて
つかふ→つかう
とつた→とった
おもつた→おもった
なつて→なって

おや、おや
もう、また、いつのまにやら
ちやんからこんとついてゐるではないか
かうして鈴はちりちり
とられたり
つけられたり
つけられたり
とられたり
たうとう自分も妻もわらひだしてしまつた
ほんとに、ほんとに
子どもにはかなはない

ちやん→ちゃん
かう→こう

たうとう→とうとう
わらひ→わらい
しまつた→しまった
かなはない→かなわない

おなじく

あのうみは
だれの海なの
そしてあの千鳥は
おう
子どもよ
それぱつかりはきいてくれるな
自分もだれかに
きいてみようと
おもつてゐたんだ

ぱつかり→ぱっかり
おもつて→おもって

おなじく

糸は一線《すぢ》
ただ、ひとすぢに
　　ついてゆくのよ
針《はり》のあとから
そのゆくはうへと
　　ついてゆくのよ

すぢ↓すじ

おなじく

燐寸箱《まつちばこ》のやうに小さな家だ
それでも窓が一つあつて
朝夕
その窓から
そこのお爺さんとお媼《うな》さんとが
ちやうど鳩か何かのやうに
ちよこんと二つ首を列べて
戸外《そと》をみてゐる
につこりともしないで——

あつて→あって

ちやうど→ちょうど
ちよこん→ちょこん

につこり→にっこり

おなじく

辻の地蔵尊
おん掌《て》に小石を一つのつけて
首がなかつた

あの地蔵尊
まだ、あのままであらうか

のつけて↓のっけて
なかつた↓なかった

あらう↓あろう

おなじく

おや、これはおどろいた
なんでも知つてやがるんだよ
蚕は孵《か》へるよりはやく
人間を螫《さ》すつてことを
それから
も一つのことも
……おう、よしよし

知つて→知って
孵へる→孵える
螫すつて→螫すって

おなじく

生籬《いけがき》のうへに
ごろんと首が一つ
明るい外《そと》をのぞいてゐたよ
そしてにこやかとわらつてゐたよ
いまもなほ
あのままだらうか
あの首
それこそ老子にそつくりだつけ

うへ→うえ
わらつて→わらって
なほ→なお
そつくりだつけ→そっくりだっけ

読後

手洟《ばな》はひるな
なすりつけるな
どうでも
ひるなら
隠所《いんじょ》へいつてしなさい

いつて↓いって

世尊《せそん》よ
これがあなたのお言葉である
これがあなたの真実の……
ああ、いい
ああ、これだけでいい

ある時

万人を愛すといふか
むしろ
一ぴきのげ、ぢ、げ、ぢ、を憎むな

*

万人を憎まぬことは
あるひはできよう
一ぴきのげ、ぢ、げ、ぢ、を愛することは——

いふ→いう
げぢげぢ→げじげじ
あるひは→あるいは

おなじく

いつ花をひらき
いつ実を結ぶか
青空よ
わたしはしらない

おなじく

過ぎさつてしまつた日を
どうかういふのではないが
なんといふ
空の蒼《あお》さだらう

さつて→さって
しまつた→しまった
どうかう→どうこう

だらう→だろう

おなじく

はてしらぬ
蒼空《あおぞら》に
はてしらず
さまよう雲よ
ひよいとでて
人形使ひの
顔をみて
また、ひよつこりと
ひつこんでしまつた人形

ひよい↓ひょい
人形使ひ↓人形使い
ひよつこり↓ひょっこり
ひつこんで↓ひっこんで

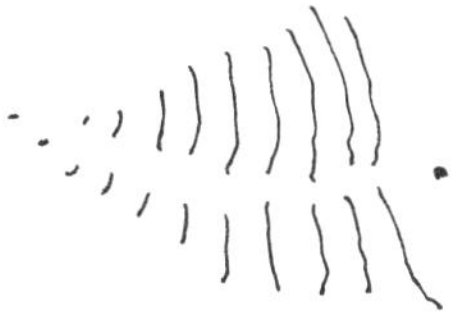

巻末の詩

さて、さて林檎よ
おまへはなんにもいつてくれるな
それでいい
それでいい
そうはいつても
うるさからうがな

おまへ→おまえ
いつて→いって

らう→ろう

こっそりと
ころりと一ど
わたしにだけでも
ころげてみせてくれたらのう
お、お、りんごよ

編者あとがき

田中和雄

山村暮鳥は一八八四年群馬県堤ケ岡に生まれました。本名木暮八九十。妹弟は、アサ、リウ、仁才、雪江、涼、百合子、明石。「暮鳥小伝（半面自伝）」によると、詩人の才は、儒者で詩を作り書もよくした祖父の血だといいます。家業が不振で赤貧洗うが如しで、幼いときから、紙屋、ブリキ屋の小僧、職人を転々とし、盗人もし、乞食同然の暮らしだったといいます。十六才で小学校の代用教員（年齢を三つごまかし）になり、昼は先生、夜は寺で漢籍を学びました。

女宣教師ウオール嬢と知己になりキリスト教を学び神学校にも入るのですが、三回も自殺を図りました。日露戦争にも行き、除隊したあと、蒲原有明、三木露風らと交わり、「春の歌」という詩が雑誌に載って、有頂天になり、その原稿料で小使のおじいさんを二人連れて銀座の天金（天麩羅屋）で大ごちそうを食べました。

一九一三年に十八歳の富士と結婚。翌年長女玲子誕生。この頃、萩原朔太郎や北原白秋と出会います。一九一五年に長男聖一郎が生まれますが、「日のひかりにも触れずして去った」（小伝）と嘆きます。一九一五年に出した詩集「聖三稜玻璃」の評判は悪く、失意のなかで、ボードレール翻訳の誤りを新聞で指摘されなどして「自分の芸術に対する悪評はその秋に於て極度に達した。或る日自分は卒倒した。」（小伝）と書いています。

暮鳥の詩集は十一冊あります。

一　La Bonne Chanson　一九一〇年
二　三人の処女　一九一三年
三　聖三稜玻璃　一九一五年
四　風は草木にささやいた　一九一八年

五　梢の巣にて　一九二一年
六　穀粒（選詩集）　一九二一年
七　雲　一九二四年
八　黒鳥集　一九六〇年
九　月夜の牡丹　一九二六年
十　土の精神　一九二九年
十一　萬物節　一九四〇年

本来詞華集は、詩人の全作品のなかから選りすぐって編集するものですが、暮鳥に限っては、二つの詩集からほとんど全詩を採りました。他の詩集にも佳い詩がたくさんあります。それらの詩は次の二つの全集で読むことができます。

山村暮鳥全集　全二巻　彌生書房
山村暮鳥全集　全四巻　筑摩書房

この詩集は、「山村暮鳥全集　第一巻」（彌生書房）より選びました。

今の読者に読みやすくすることを考えて、一部の文字にルビを振り、本文の下に新かなづかいを記しました。

もんぐら、もんぐら
いい季節になつたもんだな

二〇〇九年六月二三日初版発行
詩　山村暮鳥
発行者　田中和雄
発行所　株式会社　童話屋
〒168-0063　東京都杉並区和泉三―二五―一
電話〇三―五三七六―六一五〇
製版・印刷・製本　株式会社　精興社
NDC九一一・一六〇頁・一五センチ

ISBN978-4-88747-096-5

地球の未来を考えて T.G（Think Green）用紙を使用しています。